D1878165

मृत्युरोग

फ्रेंच उपन्यास 'ला मालादी द ला मॉ' का अनुवाद

मृत्युरोग

फ्रेंच उपन्यास 'ला मालादी द ला मॉ' का अनुवाद

मार्ग्रीत ड्यूरास

अंग्रेज़ी से अनुवाद

तेजी ग्रोवर

वाणी प्रकाशन

वाणी प्रकाशन

'लोगो' वाणी प्रकाशन : मक़बूल फ़िदा हुसेन

वाणी प्रकाशन, 4695, 21-ए, दरियागंज, नयी दिल्ली-110002

वाणी प्रकाशन, अशोक राजपथ (पटना कॉलेज के सामने), पटना (बिहार)

MRITYUROG

Translation of ***La maladie de la mort*** *by*

Marguerite Duras,

published by Les Editions de Minuit, Paris, 1982

Translated by Teji Grover

Help from original French : Radhika

French Novel

Published in association with the French Embassy in India

ISBN : 978-93-5000-296-4

इस पुस्तक के किसी भी अंश को ज्ञान के किसी भी माध्यम में प्रयोग करने के पूर्व प्रकाशक से लिखित अनुमति लेना आवश्यक है।

© तेजी ग्रोवर

प्रथम संस्करण : 2010

मूल्य : 100/-

वाणी प्रकाशन

फोन : 0091#11#23273167, फोन व फैक्स 23275710

वेबसाइट : www.vaniprakashan.in

ई-मेल : vaniprakashan@gmail.com

टाइप सेटिंग : ज़िया कम्प्यूटर्स, इलाहाबाद

आर.टेक ऑफसेट प्रिंटर्स द्वारा दिल्ली-110095 में मुद्रित

मार्ग्रीत ड्यूरास बीसवीं सदी की वह अज़ीम फ़्रांसीसी हस्ती हैं जो अपने उपन्यास *द लवर* और फ़िल्म स्क्रिप्ट *हिरोशिमा माय लव* के लिए दुनिया भर में जानी जाने लगी थीं। हालाँकि ऐसा हो गुज़रने के बाद वे अपने जीवन का अनाम तत्त्व और एकान्त खो देने की वजह से काफ़ी कष्ट में रहीं।

"उसे कभी पता नहीं चलना चाहिए कि वह वो लिख रही है जो वह लिखती है, नहीं तो वह भटक जायेगी। और यह एक त्रासदी होगी।"

ऐसा फ़्रँसीसी आलोचक लाकाँ लिखते हैं मार्ग्रीत ड्यूरास के बारे में। जिसने लाकाँ की इस बात को अपनी पहचान का सिद्धान्त मान लिया था। अन्त तक उसे कभी पता नहीं चला कि वह वो लिख रही है जो वह लिखती है। वही जो कहा करती थी कि वह अपनी मृत्यु में भी लिखती चली जायेगी।

"मैं हरदम इसी चीज़ से मुख़ातिब होती हूँ कि तुम कुछ नहीं समझते। मालूम है तुम्हें, यदि ऐसा न होता तो इसका कोई अर्थ ही नहीं होता।" किसी और पाठ में लिखे गये ये वाक्य *मृत्युरोग* के सन्दर्भ में अचानक एक मुलायम सी रोशनी से भर उठते हैं। मार्ग्रीत ड्यूरास का फ़न ये है एक तनु से रेशे से बुनी गयी घटना या कथा में पढ़ने का अनुभव ही अहम है, बस वही है जो हमें उसके लेखन के रूप में हमें मिलता है, जो अन्यत्र कहीं नहीं है, या फिर हर जगह है, हर जगह हो जाता है वह। उसका लेखन ही वह समुद्र है जिसे (समुद्र को) देखना ही, वह कहा करती थी कि हर चीज़ को देखना है। कितना कठिन होता है ऐसे लेखन के बाद कुछ और पढ़ पाना, पढ़ने के इस विचित्र प्रेम में पड़ कर जब आपका जिस्म एक अकथनीय रोमांच से भर जाने को हुआ करता है। अन्ततः आपको *मृत्युरोग* के वाक्य ले ही डूबते हैं – "तुम पूछते हो कैसे घट सकता होगा प्रेम – प्रेम करने की भावना। वह कहती है : 'शायद सृष्टि के तर्क में अचानक हुई किसी चूक से'। वह कहती हैः 'किसी भूल से, मिसाल के तौर पर'। वह कहती है : 'इरादतन कभी नहीं' "। सृष्टि के तर्क में अचानक हुई कोई चूक। यही क्या मार्ग्रीत ड्यूरास

का लेखन है जिसके बारे में वह ख़ुद लिखती है : "लेखन तेज़ हवा की तरह आता है। वह नग्न है, सियाही का बना है, वह लिखी हुई चीज़ है। और वह ऐसे बीत जाता है जैसे जीवन में और कुछ भी नहीं बीतता।"

मृत्युरोग को प्रेमकथा भी कहना उचित नहीं। जैसे वह समुद्र की जगह समुद्र का शब्द रखे, जैसा कि वह रखती ही है, और समुद्र उस शब्द में लहराता चला आये और समुद्र के उस शब्द में समुद्र का लोप हो जाना भी मालूम पड़ने लगे, वैसे ही इस कथा में प्रेम की उपस्थिति महसूस होती है। इसी तरह यह कथा विचित्र प्रेम की कथा है, मनुष्य की देह के अँधेरे और उजाले में लिखी हुई।

यह लेखन आपको पढ़ने के इस अद्‌भुत खेल में एकदम ख़ाली जगहों में ले जाता है : और आप पाते हैं कि लिखे हुए पन्नों में दो शब्दों या दो पंक्तियों के बीच जो जगहें एकदम ख़ाली हैं, उसमें रहना, उसमें रहने लगना ही अपार सुख है। यह सुख प्रेम के बाहुल्य का सुख है, जो वह लिखती है तो लिख ही जाती है, कमोबेश।

–तेजी ग्रोवर

Pour Alice Gregoire

तुम उसे नहीं जानते, तुमने उसे हर जगह एकदम देख लिया होता, किसी होटल में, गली में, रेलगाड़ी में, किसी बार में, किताब में, फ़िल्म में, अपने आप में, सबसे अन्दरूनी खुद में, जब आपका अंग रात में कस जाता होगा, किसी जगह ख़ुद को रखने के लिए किसी जगह जहाँ वह अपने आँसुओं के बोझ को बहा पाये।

*

हो सकता है तुम उसे पैसे देते।

कहते : मैं चाहता हूँ कुछ दिन के लिए तुम हर रात आया करो।

हो सकता है वह तुम्हें खूब देर तक देखती रही हो और उसने कहा हो कि तब तो यह महँगा बैठेगा।

फिर वह कहती है : किस चीज़ की चाहना है तुम्हें?

तुम कहते हो तुम कोशिश करना चाहते हो, इसकी कोशिश, जानने की कोशिश, उस जिस्म के अभ्यस्त होने की, उन स्तनों, उस महक की। सौन्दर्य की, उस जिस्म की, उस चेहरे की, उस नग्न त्वचा की, त्वचा और उसमें बसे जीवन की।

तुम कहते हो तुम कोशिश करना चाहते हो, कई दिन शायद।

शायद कई हफ़्ते।

शायद ताउम्र।

किस चीज़ की कोशिश? वह पूछती है।

प्रेम करने की, तुम जवाब देते हो।

वह पूछती है : हाँ, लेकिन क्यों?

तुम कहते हो तुम अपने अंग को आराम दिये सोना चाहते हो, किसी अजानी जगह।

तुम कहते हो तुम कोशिश करना चाहते हो, रोना चाहते हो वहाँ, उस ख़ास जगह में।

वह मुस्कराती है और कहती है : क्या तुम मुझे चाहते हो, मुझे भी।

तुम कहते हो : हाँ। यह मैं अभी नहीं जानता लेकिन मैं वहाँ भी भेदना चाहता हूँ,

सामान्य ताक़त के साथ। कहते हैं कि वह ज़्यादा रोक पाती है, नर्म होती है, लेकिन ज़्यादा रोक पाती है ख़ालीपन के बनिस्बत।

वह कहती है इस विषय में उसके कोई विचार नहीं हैं। कैसे पता हो सकता है उसे?

वह पूछती है : और क्या शर्तें हैं?

तुम कहते हो वह कुछ न बोले, अपने पुरखों की औरतों की तरह, जो आपकी इच्छा-शक्ति को पूरी तरह समर्पित होती हैं, कटनी के बाद खत्ते में थकी हुई किसान औरतों की तरह वश्य, और पुरुषों को नींद में अपने पास आने देती हैं। सो आप हौले-हौले उस आकार में सहज हो जाते हैं जो आपके आकार में ढलता रहता है, आपकी अनुकम्पा

से जिस तरह भिक्षुणियाँ ईश्वर की। इसलिए भी ताकि धीरे-धीरे सवेरा होते-होते आप इस बात से कम डरें कि अपने जिस्म को कहाँ रखना है, किस ख़ालीपन को लक्ष्य करना है अपने प्रेम के लिए।

वह तुम्हें देखती है। फिर तुम्हें देखना बन्द कर किसी और चीज़ को देखने लगती है। फिर जवाब देती है।

वह कहती है तब तो यह और भी महँगा बैठेगा। वह तुम्हें बताती है कितना।

तुम्हें मंजूर है।

वह रोज़ आया करेगी। वह रोज़ आती है।

पहले दिन वह कपड़े उतार कर बिस्तर

पर उस जगह लेट जाती है जहाँ तुम कहते हो।

तुम उसे सोते हुए देखते हो। वह कुछ नहीं बोलती। बस सो जाती है। सारी रात तुम उसे देखते रहते हो।

वह रात में आया करेगी। वह रात में आती है।

सारी रात तुम उसे देखते रहते हो। दो रातें तुम उसे देखते रहते हो।

दो रात वह शायद ही कुछ बोलती है।

फिर एक रात वह बोलती है।

वह पूछती है क्या वह तुम्हारे जिस्म को कम अकेला कर पा रही है। तुम कहते हो यह शब्द जैसे तुम पर लागू होता है तुम

समझ नहीं पाते हो। कि तुम यह सोचने में कि तुम अकेले हो और दरअसल अकेला हो जाने में फ़र्क नहीं कर पाते। जैसे तुम्हारे साथ, तुम कहते हो।

और फिर एक बार बीच रात वह पूछती है : वर्ष का क्या समय चल रहा है?

तुम कहते हो : सर्दियाँ शुरु नहीं हुई अभी। पतझड़ ही चल रहा है।

और वह पूछती है : यह ध्वनि कैसी है?

तुम कहते हो : समुद्र।

वह पूछती है : कहाँ?

तुम कहते हो : वहाँ उस दीवार के पार।

वह फिर से सो जाती है।

कमसिन। वह कमसिन ही रही होगी।

उसके बालों और कपड़ों में एक चिपकनी गन्ध होती होगी जिसे तुम पहचानने की कोशिश करते हो, और आख़िरकार अपने अनुभव के सहारे पहचान जाते हो। तुम कहोगे : सूर्यकमल और नीबू की गन्ध। वह जवाब देगी : जैसा तुम कहो।

एक शाम तुम करोगे, जैसा तय था, तुम उसकी टाँगों के बीच अपना चेहरा रखे सोते हो, उसकी योनि के क़रीब, उसके जिस्म की नमी में अभी से, जहाँ वह खुलती है। वह कोई विरोध नहीं करती।

एक और शाम तुम अनायास उसे सुख दे देते हो और वह कराहती है।

तुम मना करते हो। वह कहती है वह

अब नहीं करेगी।

वह नहीं करती।

अब कोई औरत तुम्हारी वजह से नहीं कराहेगी।

शायद उससे तुम्हें ऐसा सुख मिलता है जो पहले कभी नहीं मिला। मुझे मालूम नहीं। न मुझे मालूम है तुम्हें उसके सुख की ख़फ़ीफ़ मरमराहट सुनायी पड़ती है उसकी साँसों में से, उस हल्की झुनझुनाहट में जो उसके मुँह और बाहरी हवा के बीच डोलती रहती है। मुझे नहीं लगता।

वह आँखें खोलती है और कहती है : कितना सुख है।

तुम उसके मुँह पर हाथ रख उसे चुप

कराते हो। कहते हो ऐसी चीज़ें बोलना नहीं चाहिए।

वह अपनी आँखें मूँद लेती है।

कहती है वह फिर नहीं बोलेगी।

वह पूछती है कि क्या *वे* बात करते हैं इसके बारे में। तुम कहते हो नहीं।

वह पूछती है वे क्या बात करते हैं। तुम कहते हो वे बाक़ी हर चीज़ की बात करते हैं। सभी की, इसे छोड़ कर।

वह हँसती है और फिर से सो जाती है।

कभी तुम कमरे में चहलकदमी करते हो, पलंग के इर्द-गिर्द या दीवारों के साथ-साथ समुद्र के क़रीब।

कभी-कभी तुम रोते हो।

कभी तुम बढ़ती हुई ठण्डक में छत पर चले जाते हो।

तुम्हें नहीं मालूम बिस्तर पर पड़ी लड़की की नींद में क्या है।

तुम उस जिस्म से शुरू करना पसन्द करोगे और दूसरों के जिस्मों तक वापिस जाना चाहोगे, अपने जिस्म तक, अपने तक वापिस जाना चाहोगे। और फिर भी क्योंकि तुम्हें यह करना पड़ता है तुम रोते हो।

और वह, कमरे में, सोती रहती है। सोती है, और तुम उसे जगाते नहीं हो। उसकी नींद के चलते कमरे में अवसाद बढ़ने लगता है। तुम सोते हो, एक बार, उसके पलंग के पास, ज़मीन पर।

वह सोयी रहती है, एकसार। इतना गहरा, कि वह कभी-कभी मुस्करा उठती है। वह जगती है सिर्फ़ अगर तुम उसके जिस्म को छूते हो, स्तनों को, आँखों को। कभी वह बिलावजह उठ जाती है, सिर्फ़ यह पूछने कि यह हवा का स्वर है या ज्वार का।

वह जाग़ जाती है। वह तुम्हें देखती है। कहती है : यह रोग तुम्हें और से और गिरिफ़्त में ले रहा है। तुम्हारी आँखों तक पहुँच गया है, तुम्हारी आवाज़ तक।

तुम पूछते हो : कौन सा रोग?

वह कहती है वह नहीं बता सकती, अभी।

रात-दर-रात तुम उसके अँधेरे अंग में दाख़िल होते हो, लगभग अनजाने में वह

अन्धी राह पकड़ते हुए। कभी-कभी तुम वहीं रह जाते हो; सो जाते हो वहाँ, उसके भीतर, रात भर, ताकि किसी अनायास हरक़त से, तुम्हारी या उसकी, तुम फिर उसे पाने की इच्छा के लिए तैयार रहो, उसे पुनः भर देते हुए, उसमें पुनः सुख लेते हुए। लेकिन सिर्फ़ वही सुख, हमेशा की तरह, आँसुओं से अन्धा होता हुआ।

वह हमेशा तैयार रहेगी, वह चाहे या न चाहे। यह वही है जिसका पता तुम्हें कभी नहीं चलेगा। वह ऐसी किसी भी अन्य बाहरी चीज़ से ज़्यादा रहस्यमय है जिसे तुमने अब तक जाना है।

न तुम जान पाओगे, न कोई और ही

जान पायेगा, वह कैसे देखती है, कैसे सोचती है, दुनिया के बारे में या तुम्हारे बारे में, तुम्हारे जिस्म के बारे में, तुम्हारे मन के बारे में, या उस रोग के बारे में जिससे वह कहती है कि तुम पीड़ित हो। उसे मालूम नहीं, खुद भी। वह तुम्हें बता नहीं पायेगी। इसके बारे में तुम उससे कुछ जान नहीं पाओगे।

तुम कुछ भी नहीं जानोगे, न तुम न कोई और, कि वह तुम्हारे बारे में या इस प्रेम के बारे में क्या सोचती है। कितने भी युग तुम्हारी बिसरी हुई हस्तियों को दफ़्ना डालें, कोई नहीं जान पायेगा। वह इस क़ाबिल नहीं है कि जान पाये।

क्योंकि तुम उसके बारे में कुछ नहीं जानते

तुम कहोगे वह तुम्हारे बारे में कुछ नहीं जानती। तुम इस बात को यहीं छोड़ दोगे।

वह लम्बी रही होगी। लम्बी देह जो एक ही झोंक में बन गयी होगी, एक ही रेखा में, जैसे ईश्वर ने खींची हो, शख़्सियत की अपरिवर्तनीय पूर्णता लिये हुए।

क्योंकि वह किसी से भी मेल नहीं खाती होगी।

जिस्म पूरी तरह अरक्षित है, चेहरे से पाँव तक मुलायम। वह घोंट कर मार डालने का न्यौता देता है, बदसुलूकी का, बेइज़्ज़ती का, नफ़रत की चिल्लाहटों का, मारक और अदम्य उन्मादों को खोल डालने का।

तुम उसे देखते हो।

वह बहुत छरहरी है, लगभग नाजुक। उसकी टाँगों की खूबसूरती जिस्म की क़शिश से बिल्कुल भिन्न है। वे बाक़ी जिस्म से मेल नहीं खातीं।

तुम कहते हो : तुम ज़रूर बहुत खूबसूरत होगी।

वह कहती है : मैं ठीक तुम्हारे सामने हूँ, देख लो।

तुम कहते हो : मैं कुछ नहीं देख सकता।

वह कहती है : कोशिश करो। यह सब सौदे ही में शामिल है।

तुम जिस्म को थाम लेते हो और उसके अलग-अलग क्षेत्रों को देखते हो। तुम उसे घुमा देते हो, घुमाये चले जाते हो। तुम देखते हो उसे, देखते रहते हो।

फिर सब छोड़छाड़ देते हो।

छोड़ देते हो। उसे छूना बन्द कर देते हो।

उस रात तक तुम्हें एहसास नहीं था कि जिसे आँखें देख सकती हैं, हाथ और जिस्म छू सकते हैं, उससे कोई किस क़दर अनजान रह सकता है। अब तुम्हें पता चलता है।

तुम कहते हो : मैं कुछ नहीं देख सकता।

वह कोई जवाब नहीं देती।

वह सो रही है।

तुम उसे जगाते हो। उससे पूछते हो क्या वह वेश्या है। वह न में सिर हिलाती है।

तुम पूछते हो उसने यह सौदा क्यों स्वीकार

किया और पैसों की रातें।

वह अभी तक उनींदी, लगभग न सुनी जा सकने वाली आवाज़ में जवाब देती है : क्योंकि जैसे ही तुमने मुझसे बात की मैंने देखा कि तुम मृत्युरोग से पीड़ित हो। पहले कुछ दिन तो मैं इसे नाम नहीं दे पा रही थी। फिर दे पायी।

तुम कहते हो कि वह फिर से उसी शब्द को बोले। वह कहती है। दोहराती है : मृत्युरोग।

तुम पूछते हो उसे कैसे मालूम है। वह कहती है बस मालूम है। कहती है बिना जाने कि कैसे जानते हैं : आप जानते हैं।

तुम पूछते हो : मृत्युरोग जानलेवा क्यों है? वह कहती है : क्योंकि जिसे यह रोग रहता है उसे मालूम नहीं होता वह इसका

वाहक है, मृत्यु का। और इसलिए भी क्योंकि वह मरने को हुआ रहता है बिना ऐसे जीवन के जिसमें कि वह मर सके, और उसे मालूम नहीं रहता वह यही कर रहा है।

उसकी आँखें अभी तक बन्द हैं। यों जैसे वह किसी अनादि थकान से विश्राम पा रही हों। जब वह सो रही होती है आप उसकी आँखों का रंग भूल जाते हैं, जैसे उस नाम को जिससे आपने उसे पहली शाम पुकारा था। फिर तुम्हें एहसास होता है कि उसके और तुम्हारे बीच की अलंघ्य बाधा उसकी आँखों का रंग नहीं—तुम्हें मालूम है वह हरे और स्लेटी के बीच कहीं होगा। नहीं रंग नहीं। वह निगाह।

निगाह।

तुम्हें एहसास होता है वह तुम्हें देख रही है।

तुम कराहते हो। वह दीवार की ओर हो लेती है।

कहती है : ख़त्म हो जायेगा यह, फ़िक्र न करो।

*

तुम एक बाँह से उसे उठाते हो और खुद से सटा लेते हो, इतनी हल्की है वह। तुम देखते हो।

अजीब है, उसके स्तन भूरे हैं, कुचाग्र लगभग काले। तुम खाते हो उन्हें, पी जाते

हो, और उसके जिस्म में कुछ भी सकुचाता नहीं है, वह कोई विरोध नहीं करती, क़तई नहीं। शायद एक बिन्दु पर तुम फिर कराहते हो। फिर एक और बार तुम उससे कहते हो वह एक शब्द बोले, सिर्फ़ एक, वही जो तुम्हारा नाम है, तुम बताते हो वह क्या है। वह जवाब नहीं देती, और तुम फिर से कराहते हो। और तब वह मुस्कुराती है। और तभी तुम्हें मालूम होता है वह जीवित है।

मुस्कान गुम हो गयी है। उसने नाम नहीं बोला है।

तुम देखते रहते हो। उसका चेहरा नींद में चला गया है, ख़ामोश है, सोया हुआ है, उसके हाथों की तरह। लेकिन हर क्षण जिस्म की सतह में तत्त्व झलकता रहता है, हर जगह, यों कि हर अंग अपने आप में पूरे का

साक्षी है—हाथ और आँखें, पेट का घुमाव, और चेहरा, स्तन और योनि, टाँगें और बाँहें, साँस, हृदय, कनपटियाँ, कनपटियाँ और समय।

तुम एक बार फिर छत पर चले जाते हो सियाह समन्दर के सामने।

तुम्हारे भीतर सिसकियाँ हैं जिनका तुम ख़ुलासा नहीं कर सकते। वे तुम्हारी कगार पर थिरकती रहती हैं जैसे वे तुम्हारे बाहर हों, तुम तक पहुँच न पाती हों और रोयी न जा सकती हों। सियाह समन्दर के सामने, उस कमरे की दीवार से सटे हुए जिसमें वह सोयी है, तुम ख़ुद के लिए रोते हो जैसे कोई अजनबी।

तुम कमरे में वापिस जाते हो। वह सो रही है। तुम समझ नहीं पाते। वह सोयी है, निर्वस्त्र, वहाँ बिस्तर पर। तुम समझ नहीं पाते उसके लिए कैसे मुमकिन है तुम्हारे आँसुओं को न जानना, तुमसे खुद को बचा ले जाना, वह कैसे इस बात से पूरी तरह अनजान है कि वह किस तरह पूरे संसार को भरे हुए है।

तुम उसके पास लेट जाते हो। और, अब भी अपने लिए ही, रोते हो।

फिर लगभग सुबह। कमरे में एक अँधेरी रोशनी है, अनिश्चित रंगत की। तुम कुछ बत्तियाँ जलाते हो, उसे देखने के लिए। उसे। वह देखने के लिए जो तुमने पहले कभी नहीं

देखा, गुह्य अंग, जो निगल लेता है और बिना यह लगे कि वह थामता है, थाम लेता है। तुम यों देखते हो उसे, अपनी ही नींद के इर्दगिर्द सिमटे हुए। उन चकत्तों को भी देखते हो जो उस पूरे जिस्म पर छितराये हुए हैं। बालों की रेखा से लेकर वहाँ नीचे तक जहाँ स्तन आरम्भ होते हैं, जहाँ वे अपने वज़न से खुद हार जाते हैं, बाँहों की चूलों से लगे हुए, और बन्द आँखों के फलक तक और अधखुले ज़र्द ओठों तक। तुम सोचते हो : वे गर्मी के सूरज की जगहों पर हैं, खुली जगहें, देखने को धर रखी हुई जगहें।

वह सो रही है।

तुम बत्तियाँ बुझा देते हो।

लगभग उजाला हो चुका है।

अभी तक लगभग सवेरा है। ये घड़ियाँ आकाश के फैलाव सी विशाल हैं। हद से परे है यह, समय को इसके भीतर से रास्ता नहीं मिल रहा। समय गुज़रना बन्द हो चुका है। तुम अपने-आप से कहते हो अच्छा होगा अगर वह मर जाये। तुम खुद से कहते हो अगर वह रात के उस पहर में मर जाये तो ज़्यादा आसान होगा। तुम्हारे लिए, शायद तुम्हारा मतलब यही है, लेकिन तुम वाक्य पूरा नहीं करते।

तुम लहर के उठने की शुरुआत की आवाज़ सुनते हो। वहाँ बिस्तर में एक अजनबी है सफ़ेद चादरों के विस्तार में, सफ़ेदी की वजह से उसकी आकृति साँवली लगने लगी है,

उस पशु उपस्थिति से ज़्यादा मौजूद जिसे जीवन ने अचानक छोड़ दिया हो, मौत की मौजूदगी से ज़्यादा मौजूद।

तुम इस आकृति को देखते हो, और देखते हुए उसकी जहन्नुमी ताक़त का एहसास होता है तुम्हें, उसकी घिनौनी नाजुकता का, उसकी दुर्बलता, उसकी बेजोड़ दुर्बलता की अपराजेय ताक़त का।

तुम कमरे से बाहर चले जाते हो, एक बार फिर छत पर समन्दर के सामने, उसकी गन्ध से परे।

हल्की बूँदाबाँदी हो रही है, रोशनी से फक्क पड़े हुए आसमान के नीचे समन्दर अभी तक सियाह है। तुम उसे सुन सकते

हो। सियाह पानी उठता चला आ रहा है, क़रीब आता हुआ, हिलता है, हमेशा हिलता है। लम्बे सफ़ेद रोलर पानी के आरपार दौड़ते हैं, एक लम्बी सफ़ेद लहर जो सफ़ेदी के उफ़ान में टकराती है। सियाह समन्दर भारी समन्दर है। एक तूफ़ान की आमद है इसमें, जैसे अक्सर रात में हुआ करती है। तुम बहुत देर तक खड़े रहते हो, देखते हुए।

तुम्हें सूझता है कि सियाह समन्दर किसी और चीज़ की जगह हिल रहा है, तुम्हारी और बिस्तर पर पड़े उस अँधेरे मुजस्सिमे की जगह।

तुम अपना वाक्य पूरा करते हो। तुम खुद से कहते हो कि अगर अभी, रात के इसी पहर में उसकी मृत्यु हो जाये तो तुम्हारे लिए उसे पृथ्वी से ग़ायब करना ज़्यादा आसान

होगा, उसे सियाह समन्दर में फेंकना, कुछेक पल ही चाहिए होंगे इतने हल्के एक जिस्म को उठती लहर में फेंकने, और बिस्तर को सूर्यकमल और नीबू की गन्ध से रिहा कराने के लिए।

*

तुम कमरे में वापिस जाते हो। वह है वहाँ, सोयी हुई, अपने अँधेरे में छूटी हुई, अपनी भव्यता में।

तुम्हें एहसास होता है कि वह कुछ यूँ बनी है जैसे किसी भी पल उसकी मनमर्ज़ी से, उसका जिस्म ज़िन्दा रहना बन्द कर सकता है, उसके इर्द-गिर्द क्षीण होता हुआ नज़र से

ओझल हो सकता है, और वह इसी जोखिम में सोयी है, तुम्हारी नज़र के सामने उघड़ी हुई, खुली। कि वह यही जोखिम उठाये, जबकि समन्दर इतना क़रीब और ख़ाली और अभी तक सियाह है, सोती है।

*

जिस्म के इर्द-गिर्द, कमरा। शायद तुम्हारा कमरा। लेकिन उसमें वह बसी हुई है, एक औरत। तुम कमरे को पहचानते नहीं हो अब। वह प्राण से रीत गया है, न तुम हो इसमें, न तुम जैसा कोई और। बस बिस्तर पर उस अजनबी आकृति की लम्बी, लचीली लकीर ने इसे घेर रखा है।

वह हिलती है, उसकी आँखें अधखुली हैं।
वह पूछती है : पैसे की कितनी रातें और हैं?
तुम कहते हो : तीन।

वह पूछती है : क्या तुमने किसी औरत से प्यार नहीं किया। तुम कहते हो नहीं, कभी नहीं।

वह पूछती है : कभी किसी औरत की चाहत नहीं हुई? तुम कहते हो नहीं, कभी नहीं।

वह पूछती है : एक बार, एक पल के लिए भी नहीं? तुम कहते हो नहीं, कभी नहीं।

वह पूछती है : कभी नहीं? कभी? तुम दोहराते हो : कभी नहीं।

वह मुस्कराती है, कहती है : अजीब चीज़ होती है मरा हुआ आदमी।

वह पूछती है : तुम क्या देखते हो? तुम कहते हो : बाक़ी सब कुछ।

वह अंगड़ाई लेती है, ख़ामोश है। मुस्कराती है। फिर से सो जाती है।

तुम कमरे में वापिस आते हो। सफ़ेद चादरों के फैलाव में वह अभी तक हिली-डुली नहीं है। तुम देखते हो उसे जिस तक पहुँचने की तुमने कभी कोशिश नहीं की, न उस जैसी किसी और के ज़रिए, न उसके खुद के।

तुम युगों से संदिग्ध उस आकृति को देखते हो। और जाने देते हो।

तुम देखना बन्द कर देते हो। किसी भी चीज़ को देखना। तुम आँखें मूँद लेते हो ताकि अपने अलगाव में वापिस जा सको, अपनी मृत्यु में।

तुम आँखें खोलते हो और वह वहीं पड़ी है। अभी तक वहीं।

तुम उस अजनबी जिस्म की ओर लौटते हो। वह सोया हुआ है।

तुम अपने जीवनरोग की ओर देखते हो, मृत्युरोग की ओर। उस पर, उसी के सोये हुए जिस्म पर तुम देखते हो उसे। तुम जिस्म पर अलग जगह देखते हो, चेहरा, स्तन, योनि की गड्डमड्ड स्थली को।

तुम देखते हो जहाँ हृदय है। धड़कन कुछ अलग महसूस होती है, कहीं दूर। तुम्हें शब्द सूझता है : ज़्यादा अजनबी। वह नियमित

चल रही है, लगता है कभी ख़त्म नहीं होगी। तुम अपने जिस्म को उस वस्तु के क़रीब ले आते हो जो उसका जिस्म है। वह गुनगुनी है, नम है। अभी तक ज़िन्दा है वह। जब तक वह ज़िन्दा है वह हत्या को न्यौता देती रहेगी। तुम सोचते हो उसे कैसे मारा जाये और कौन मारेगा उसे। तुम किसी चीज़ या किसी से प्यार नहीं करते, उस अलगाव से भी नहीं जो तुम सोचते हो तुम में आकार लिये हुए है। तुम सिर्फ़ मृतकों के जिस्मों की सौम्यता को जानते हो, उनकी सौम्यता को जो तुम्हारी तरह के हैं। अचानक तुम्हें मृतकों के जिस्मों की सौम्यता और इस सौम्यता के बीच का फ़र्क दिखायी देता है, यह शाही चीज़ जो अत्यधिक दुर्बलता की बनी हुई है, जिसे एक इशारे भर से कुचल दिया जा सकता है।

तुम्हें एहसास होता है कि यहीं, इसी के अन्दर मृत्युरोग सिंक रहा है, कि तुम्हारे सामने फैला यह मुज्जसिमा ही मृत्युरोग को आदेश देता है।

*

अधखुले मुँह में से एक साँस आती है जो लौटती है, हट जाती है, फिर लौट जाती है। हाड़-मांस की मशीन में हैरतअंगेज़ तवाज़ुन है। उस पर झुके हुए, निश्चल, तुम उसे देखते हो। तुम्हें मालूम है तुम उसे चाहे जिस तरह ठिकाने लगा सकते हो, सबसे ख़तरनाक

तरीके से भी। लेकिन तुम ऐसा नहीं करते। बजाय इसके तुम उसके जिस्म को कोमलता से सहलाते हो जैसे उसके ख़ुश हो जाने का ख़तरा हो। तुम्हारा हाथ अंग पर धरा है, ओंठों के बीच, यहीं वह सहलाता है उसे। तुम उसी खुली जगह को देखते हो और जो उसे घेरे हुए है, पूरा जिस्म। तुम कुछ नहीं देखते।

तुम किसी औरत को समूचा देखना चाहते हो, जितना मुमकिन हो। तुम देख नहीं पाते यह तुम्हारे लिए नामुमकिन है।

तुम बन्द आकृति को देखते हो।

पहले तुम त्वचा पर दिखते हल्के कम्पनों को देखते हो, जो हूबहू दुख सहने की तरह हैं। फिर तुम पलकों का टिमटिमाना देखते हो और फिर तुम मुँह का खुलना देखते हो

जैसे वह कुछ बोलना चाह रहा हो। और फिर तुम ग़ौर करते हो कि तुम्हारी सहलाहटों के नीचे उसके भगोष्ठ फूल उठे हैं, और उनकी कोमलता से गाढ़ा गर्म द्रव्य बह रहा है, जैसे ख़ून हो वह। फिर तुम तेज़ सहलाने लगते हो। और तुम देखते हो कि जाँघें तुम्हारे हाथ को जगह देने के लिए खुल रही हैं, ताकि तुम पहले से बेहतर सहला पाओ।

और अचानक, एक कराह में, तुम सुख को उस पर पिलता हुआ देखते हो, उसे जकड़ लेते हुए, उसे कमान की तरह पलंग से उठा देते हुए। तुम ग़ौर से देखते हो तुमने उसके साथ अभी-अभी क्या किया है। फिर तुम उस जिस्म को पलंग के सफ़ेद पर वापिस

निश्चल हो जाते हुए देखते हो। वह तेज़ साँस ले रहा है, हाँफ़ों में, जो दूर-से-दूर होती जा रही हैं। फिर आँखें पहले से भी कस कर बन्द हो जाती हैं, चेहरे में और गहरी धँसती हुई। फिर वे खुलती हैं और फिर वे मुँद जाती हैं।

वे मुँद गयी हैं।

तुमने सब कुछ देख लिया है। आख़िरकार तुम भी अपनी आँखें मूँद लेते हो। तुम काफ़ी देर इसी तरह रहते हो, आँखें मूँदे हुए, उसकी तरह।

तुम अपने कमरे से बाहर के बारे में सोचते हो, शहर की गलियों के बारे में, स्टेशन के क़रीब नन्हे अकेले स्क्वेयर्ज़ के बारे में। सर्दी

के उन शनिवारों के बारे में जो एक से होते हैं।

और फिर तुम उस आवाज़ को सुनते हो जो आ रही है। समुद्र की।

*

तुम समुद्र को सुनते हो। कमरे की दीवारों के बहुत क़रीब है वह। खिड़कियों के पार अभी तक वह बेरंग रोशनी, आसमान में फैलता दिन का धीमापन, अभी तक सियाह समन्दर, सोया हुआ जिस्म, कमरे में वह अजनबी।

और फिर तुम वह करते हो। मैं कह नहीं सकती क्यों। मैं देखती हूँ तुम्हें वह करते

हुए बिना जाने क्यों। तुम कमरे से बाहर आ सकते थे, उस जिस्म को, उस सोयी हुई आकृति को छोड़कर। लेकिन नहीं, तुम वह करते हो, देखने में वैसा ही जैसा कोई और करता, लेकिन उस पूरे फ़र्क के साथ जो उसे तुमसे अलग करता है। तुम करते हो, तुम जिस्म की ओर वापिस हो लेते हो।

तुम उसे पूरी तरह अपने से ढाँप देते हो, उसे अपनी तरफ़ खींचते हो अपनी ताक़त के साथ, इस तरह कि उसे मार न डालो और फिर तुम कहते हो, तुम रात के घर की ओर लौटते हो, तुम घिर गये हो।

तुम उसी घर में रुके रहते हो। तुम रोते रहते हो। तुम सोचते हो तुम जानते हो तुम्हें पता नहीं क्या, उस जानने के साथ रह नहीं सकते, तुम सोचते हो तुम संसार के दुख का

अकेला एक बिम्ब हो, एक विशेष भाग्य का। तुम सोचते हो जो घटना अभी घट रही है तुम उसके स्वामी हो, तुम सोचते हो कि उसका अस्तित्व है।

वह सोयी है, उसके ओठों पर मुस्कान है, खून कर देने लायक।

तुम उसके जिस्म के वास में रुके रहते हो।

सोते हुए वह तुमसे भरी हुई है। मन्द स्वरों के वे कम्पन जो जिस्म से गुज़र रहे हैं, और-से-और मुखर हो रहे हैं। वह सुख के किसी स्वप्न में है किसी पुरुष से भरी हुई, तुमसे, या किसी और से, या फिर किसी और से।

तुम रोते हो।

आँसू उसे जगा देते हैं। वह तुम्हें देखती है। वह कमरे को देखती है। फिर तुम्हें देखती है। तुम्हारा हाथ सहलाती है। पूछती है : तुम क्यों रो रहे हो? तुम कहते हो यह उसे कहना चाहिए, उसे मालूम होना चाहिए यह।

वह धीमे से कहती है, बहुत मृदुता से : क्योंकि तुम प्रेम नहीं करते। तुम कहते हो हाँ बिलकुल।

वह तुमसे कहती है इसे साफ़-साफ़ कहो। तुम कहते हो : मैं प्रेम नहीं करता।

वह तुमसे कहती है : कभी नहीं?

तुम कहते हो : कभी नहीं।

वह कहती है : किसी प्रेमी को मार डालने की इच्छा की कगार पर बने रहना, उसे सिर्फ़ अपने लिए रख लेना, सिर्फ़ अपने लिए,

उसे ले लेना, हर कानून, हर नैतिक सत्ता के खिलाफ़ जाकर—तुम नहीं जानते यह क्या है, तुमने कभी महसूस नहीं किया?

तुम कहते हो : कभी नहीं।

वह तुम्हें देखती है, दोहराती है : क्या अजीब चीज़ होती है मरा हुआ आदमी।

*

वह पूछती है क्या तुमने समुद्र को देखा है, पूछती है क्या यह दिन है, उजाला है।

तुम कहते हो सूरज निकल रहा है, लेकिन साल के इस वक्त पूरे आसमान के रोशन हो जाने में बहुत समय लगता है।

वह पूछती है समन्दर का क्या रंग है।

तुम कहते हो : सियाह।

वह कहती है समन्दर कभी सियाह नहीं होता। ज़रूर तुम्हें ग़लती लग रही है।

तुम पूछते हो क्या वह सोचती है तुमसे कोई प्रेम कर सकता है।

वह कहती है नहीं, शायद नहीं। तुम पूछते हो : मृत्यु की वजह से? वह कहती है : हाँ, क्योंकि तुम्हारे एहसास इतने मन्द और सुस्त हैं, क्योंकि तुमने झूठ बोला और कहा कि समन्दर सियाह है।

और फिर वह ख़ामोश है।

तुम डरते हो कि वह फिर सो जायेगी, तुम उसे जगाते हो और कहते हो : बात करती रहो। वह कहती है : सवाल पूछो तब तो, मैं

अपने आप नहीं कर सकती। तुम फिर पूछते हो क्या तुमसे कोई प्रेम कर सकता है। वह फिर कहती है : नहीं।

वह कहती है अभी एक पल पहले तुम उसे मार डालना चाहते थे, जब तुम छत से कमरे में दूसरी बार लौट आये थे। कि उसे अपनी नींद में ही मालूम था, जिस तरह देख रहे थे तुम उसे। वह कहती है तुम बताओ क्यों।

तुम कहते हो तुम नहीं जानते क्यों, कि तुम उस रोग को नहीं समझते जिससे तुम पीड़ित हो।

वह मुस्कराती है, कहती है यह पहली बार है, कि जब तक वह तुमसे नहीं मिली

थी वह नहीं जानती थी मृत्यु को जिया जा सकता है।

वह अपनी आँखों के छनते हुए हरे के भीतर से तुम्हें देखती है। कहती है : तुम मौत के साम्राज्य के अग्रदूत हो। मृत्यु से प्रेम नहीं किया जा सकता अगर वह आरोपित की गयी हो। तुम सोचते हो तुम रोते हो क्योंकि तुम प्रेम नहीं कर सकते। तुम रोते हो क्योंकि तुम मृत्यु को आरोपित नहीं कर पाते।

वह अभी से लगभग सो गयी है। लगभग न सुनी जा सकने वाली आवाज़ में कहती है : तुम मृत्यु से मरोगे। तुम्हारा मरना शुरू हो चुका है।

तुम रोते हो। वह कहती है : रोओ नहीं, कोई फ़ायदा नहीं, अपने लिए रोने की आदत छोड़ दो, कोई फ़ायदा नहीं।

पता नहीं चला कि कमरा सूरज की अभी तक अँधेरी रोशनी से भर गया है।

वह आँखें खोलती है, फिर मूँद लेती है। वह कहती है : पैसे की दो रातें और, और फिर ख़त्म। वह मुस्कराती है और तुम्हारी आँखों को सहलाती है। वह अपनी नींद में व्यंग्य से मुस्कुराती है।

तुम बात करते रहते हो, दुनिया में बिलकुल अकेले, जैसा तुम चाहते हो। तुम कहते हो प्रेम तुम्हें हमेशा असंगत महसूस होता रहा है, तुम्हें कभी समझ में नहीं आया, तुम प्यार

करने से हमेशा गुरेज़ करते रहे हो, हमेशा न करने की आज़ादी चाहते रहे हो। तुम कहते हो तुमने खो दिया है ख़ुद को। लेकिन तुम्हें नहीं मालूम तुमने किस चीज़ से परे ख़ुद को खोया है, या भीतर।

वह सुन नहीं रही, वह सो रही है।

तुम एक बच्चे के बारे में कहानी सुनाते हो।

रोशनी खिड़कियों तक पहुँच गयी है।

वह आँखें खोलती है, कहती है : बस करो झूठ बोलना। वह कहती है वह ऐसा कुछ नहीं जानेगी, दुनिया में कुछ भी नहीं, जैसे तुम जानते हो। वह कहती है : मैं उस तरह कुछ भी नहीं जानना चाहती जैसे तुम जानते हो, मौत से उपजे उस यक़ीन के साथ, उस नाउम्मीद ऊब के साथ, वही का

वही तुम्हारे जीवन का हर दिन, हर रात, और प्रेम के अभाव का वही का वही मारक सिलसिला।

वह कहती है : सुबह हो गयी है, सब कुछ शुरू होने वाला है, सिवा तुम्हारे, तुम कभी शुरू नहीं होते।

वह फिर से सो जाती है। तुम पूछते हो तुम सो क्यों जाती हो, किस थकान से आराम करना है तुम्हें, किस बेतरह भारी थकान से। वह हाथ उठाती है और तुम्हारे चेहरे को सहलाती है, शायद मुँह को। वह फिर नींद में व्यंग्य से मुस्कुराती है। वह कहती है : यह तथ्य कि तुम ऐसा प्रश्न पूछते हो साबित करता है कि तुम नहीं समझ सकते। वह कहती है यह तुमसे विश्राम पाने का एक उपाय है। मृत्यु से।

तुम बच्चे के बारे में कहानी कहे चले जाते हो, ऊँची हाँक में। तुम कहते हो तुम्हें उसके बारे में पूरी कहानी मालूम नहीं है, अपने बारे में। वह मुस्कराती है, कहती है उसने सुनी है और पढ़ी भी है, अक्सर, हर जगह, बहुत-सी किताबों में। तुम पूछते हो प्रेम किस तरह घट सकता है—प्रेम करने की भावना। वह कहती है : शायद सृष्टि के तर्क में अचानक हुई किसी चूक से। वह कहती है : किसी भूल से, मिसाल के तौर पर। वह कहती है : इरादतन कभी नहीं। तुम पूछते हो : प्रेम करने की भावना और चीज़ों से भी आ सकती है? तुम मिन्नत करते हो वह कहे। वह कहती है : वह किसी भी चीज़ से आ सकती है, किसी निशाचर की उड़ान से, नींद से, नींद के किसी स्वप्न से, मौत की

आमद से, एक शब्द से, किसी जुर्म से, खुद-ब-खुद, अपने आप से, अक़्सर बिना यह जाने कैसे। वह कहती है : देखो। वह अपनी टाँगों को खोलती है, और बीच की खोह में तुम्हें आख़िरकार अँधेरी रात दिखायी दे जाती है। तुम कहते हो : वह यहीं थी, अँधेरी रात। यहीं है।

वह कहती है : आओ। तुम आ जाते हो उसमें दाख़िल होकर, तुम रोते रहते हो।

वह कहती है : बस और मत रोओ तुम। वह कहती है : मुझे ले लो ताकि वह हो गुज़रे।

तुम ऐसा ही करते हो, तुम उसे ले लेते हो।

हो गुज़रा है वह।

वह फिर से सो जाती है।

एक दिन वह वहाँ नहीं है। तुम नींद से उठते हो और वह वहाँ नहीं है। रात में ही चली गयी है। उसके जिस्म का निशान अभी तक चादरों पर है। सर्द।

भोर है आज। सूरज अभी उगा नहीं है लेकिन आसमान के किनारों में अभी से उजाला है, जबकि बीचों-बीच से गाढ़ा अँधेरा अभी तक पृथ्वी पर गिर रहा है।

कमरे में तुम्हारे सिवा कुछ नहीं है। उसका जिस्म गुम हो चुका है। तुम्हारे और उसके बीच का फ़र्क उसके अचानक न होने से साबित हो गया है।

बहुत दूर, समन्दर के किनारे, समन्दर के परिन्दे रात के आख़री अँधेरे में किकिया रहे होंगे, अभी से जल-केंचुओं को खाना शुरू करते हुए, लौटती लहर की छोड़ी गयी रेत

को छान-बीनते हुए। अँधेरे में समन्दर के परिन्दों का भुक्खड़ शोरोगुल—अचानक जैसे तुमने इसे पहले कभी न सुना हो।

*

वह कभी वापिस नहीं आयेगी।

उसके जाने के बाद की शाम तुम एक बार इस प्रेम की कहानी सुनाते हो, तुमसे बनता नहीं है, फिर तुम हँसते हुए सुनाते हो, जैसे इसका होना नामुमकिन हो, या फिर मुमकिन हो कि तुमने इसे अपने मन से बनाया हो।

अगले दिन, अचानक, शायद, उसके कमरे में न होने पर तुम्हारा ध्यान जायेगा। अगले

दिन, तुम्हें शायद उसे वहाँ फिर से देखने की इच्छा हो, अपने अजनबी अकेलेपन में और उसे भी अजनबी की हैसियत से।

शायद तुम उसे अपने कमरे के बाहर ढूँढ़ते फिरो, समुद्र तटों पर, कैफ़ेज़ के बाहर, गलियों में। लेकिन तुम उसे पहचान नहीं पाओगे क्योंकि दिन के उजाले में तुम किसी को पहचान नहीं पाते। तुम उसे पहचान नहीं पाओगे। तुम उसे सिर्फ़ अधमुँदी आँखों के नीचे सोये हुए जिस्म की तरह जानते हो। एक जिस्म का दूसरे द्वारा भेद दिए जाना—इसे तुम कभी नहीं पहचान सकते। तुम कभी नहीं।

जब तुम रोये थे सिर्फ़ अपने लिए रोये थे और इसलिए नहीं कि उसके और तुम्हारे बीच के फ़र्क के ज़रिए उस तक पहुँच पाना

ग़ज़ब का नामुमकिन था।

*

उस पूरे प्रसंग में तुम्हें सिर्फ़ कुछ शब्द याद हैं जो वह नींद में बोला करती थी, वही जो तुम्हें बताते थे तुम्हें क्या तकलीफ़ है : मृत्युरोग।

शीघ्र ही तुम छोड़ देते हो, उसे खोजना बन्द कर देते हो, शहर में या रात में या दिन में।

फिर भी तुमने उस प्रेम को उसी तरह जिया है जिस तरह तुम्हारे लिए मुमकिन है। उसके हो जाने से पहले ही उसे खो देना।

मृत्युरोग का मंचन हो सकता है थियेटर में।

पैसों की रात वाली औरत को मंच पर सफ़ेद चादरों पर लेटे रहना चाहिए। वह नग्न हो सकती है। उसके इर्द-गिर्द इधर-उधर चहलकदमी करता हुआ आदमी, वह कहानी सुनाता है।

केवल औरत ही अपनी पंक्तियाँ स्मृति से बोलती है। आदमी कभी ऐसा नहीं करता। वह पाठ को पढ़ेगा, या तो निश्चल· खड़े रहकर या औरत के इर्द-गिर्द घूमते हुए।

यह कहानी जिसके बारे में है वह आदमी कभी नहीं आयेगा। युवती के साथ जब वह बात भी करता है तो उसी आदमी के ज़रिए जो कहानी पढ़ रहा है।

अदाक़ारी की जगह यहाँ पाठ ने ले ली है।

मैं हमेशा सोचती आयी हूँ कि कुछ भी पाठ की जगह नहीं ले सकता, कि पाठ का जो असर होता है अदाक़ारी उसका मुक़ाबिला नहीं कर सकती।

इसलिए दोनों अदाक़ारों को पाठ इस तरह से करना चाहिए जैसे वे दोनों अलग कमरों में हों, एक दूसरे से जुदा।

पाठ पूरी तरह विफल हो जायेगा अगर उसे नाटकीय ढंग से बोला ज़ाये।

आदमी की आवाज़ ज़रा तेज़ रहनी चाहिए, औरत की गहरी और लगभग सरसरी।

औरत के जिस्म के इर्द-गिर्द आगे-पीछे आदमी की चहलकदमी ज़रा ज़्यादा लम्बी खिंची हुई रहनी चाहिए। वह थियेटर में

नज़र से ओझल रहना चाहिए, जैसे वह समय के अन्दर ओझल रहता है, और फिर उसे रोशनी में लौट आना चाहिए, हम तक।

मंच की ऊँचाई कम रहनी चाहिए लगभग फ़र्श जितनी, ताकि औरत का जिस्म पूरी तरह दर्शकों को दिखता रहे।

पैसों की एक से दूसरी रात के बीच लम्बी ख़ामोशियाँ रहनी चाहिए, ख़ामोशियाँ जिनमें वक़्त के बीतने के अलावा कुछ भी न होता हो।

पाठ को पढ़ते हुए आदमी में एक बुनियादी और जानलेवा कमज़ोरी रहनी चाहिए—वही जो दूसरे आदमी में है, जिसे हम देख नहीं रहे हैं।

युवती को ख़ूबसूरत, बेजोड़ होना चाहिए।

एक बड़ा-सा अँधेरा अवकाश होना चाहिए जो समन्दर की आवाज़ को दाख़िल होने

दे—वही सियाह आयताकार, जो कभी फीका नहीं पड़ता। लेकिन समन्दर की आवाज़ का स्वर एक-सा नहीं रहता।

औरत का जाना दिखता नहीं है। उसका जाना मंच के अँधेरे में हो और जब रोशनी वापिस आये तो मंच के बीचों-बीच सिर्फ़ चादरें बची रह जायें और सियाह दरवाज़े से आती हुई समन्दर के हिलने की आवाज़।

कोई संगीत नहीं।

अगर मैं इस पाठ को कभी फ़िल्माऊँगी तो मैं चाहूँगी कि लहरों का सफ़ेद उफ़ान आदमी के चेहरे के लगभग साथ-साथ उसी समय दिखता रहे। समन्दर के सफ़ेद और चादरों

के सफ़ेद के बीच तारतम्य होना चाहिए।
चादरें समुद्र की पूर्व-छवि होनी चाहिए।
यह सब बतौर सामान्य सुझाव के।

□□□